Vanhan talon aarre

Eija Paatero

Vanhan talon aarre

Kustantaja: BoD – Books on Demand, Helsinki, Suomi
Valmistaja: BoD – Books on Demand, Norderstedt, Saksa

ISBN: 978-952-80-0218-5

Tämä tarina on kirjoitettu sen vanhan maalaistalon muistoksi, jossa asuin elämäni ensimmäiset vuodet. Uuden talon valmistuttua vanha talomme toimi vuosia varastona, matonkutomispaikkana, pingispelipaikkana ja "leikkimökkinäni." Leikin joitakin tässä tarinassa kuvattuja leikkejä kavereitteni kanssa tuossa talossa, vaikka tämä tarina sinänsä on täysin mielikuvituksellinen.

- *Eija Paatero*

1. Luku

Sinä kesänä vanhempani päättivät lähettää minut kesälomalla pariksi viikoksi serkkujeni Emmin ja Aleksin luo maatilalle Keski-Suomeen.

"Ei! En edes muista heitä kunnolla saati tunne heitä. Kyllä minä pärjään kesän ihan omissa puuhissani täällä kaupungissa."

"Niin, mutta emme halua sinun viettävän niin monia tunteja aivan yksin. Meidän on pakko olla pitkiä päiviä töissä ja siellä maaseudulla on varmasti mukavaa. Tutustuisit kerrankin kunnolla serkkuihisi niin Emmiin kuin Aleksiinkin", äiti sanoi.

"Roosa, vaikka sinusta tuntuu, ettet tunne heitä, niin onhan Hanna minun siskoni ja pitää sinusta hyvää huolta", isä sanoi.

Edellisestä tapaamisesta kyseisten serkkujeni kanssa oli jo kaksi vuotta. Silloin olimme viettäneet päivän heidän kanssaan Linnanmäellä.

Emmi oli aristellut kaikkia laitteita ja olin hänen takiaan joutunut käymään kaikissa pikkulasten laitteissa. Hänen veljensä Aleksi taas katosi tuon tuostakin ja häntä jouduttiin kuuluttamaan parikin kerran.

Sitä edellisenä kesänä olimme käyneet siellä heidän tilallaan, jolla oli mielestäni tosi kumma nimi, Loukkola. Minusta loukko kuulosti ansalta, syrjäiseltä onkalolta, josta en pääsisi pois ennen kuin isä ja äiti tulisivat hakemaan minut.

Viime vierailusta Loukkolassa muistin parhaiten sen, kuinka kaikki halusivat minun uivan, vaikka itse en halunnut. Seisoin vain vedessä ja katselin kiviä kirkkaan veden läpi. Vesi tuntui niin jäätävän kylmältä.

Ensimmäisen kesälomaviikon sain viettää vielä yksin kotona. Osa kavereistani oli mennyt jollekin leirille, osa oli sukulaisten luona tai jo lähtenyt matkalle vanhempiensa kanssa. Olin siis tosiaan aika yksin. Pihalla puuhailin jotain nuorempien lasten kanssa, mutta siitä sain parissa päivässä tarpeekseni. Aloin vähitellen lämmetä ajatukselle serkkujeni luo menosta.

Sunnuntaina äiti saattoi minut Jyväskylään menevään junaan. Minusta näytti, että äiti pyyhki silmäkulmiaan, ja se melkein nauratti minua. Itsehän hän halusi minun lähtevän. Olin hieman jännittynyt, mutta jonkin verran jo innokaskin. Olin pakannut uimapukuni mukaani ja aioin tällä kertaa uida, vaikka vesi olisi kuinka kylmää.

Minusta tuntui hetken haikealta, kun kotikaupunki jäi pikkuhiljaa taakse, mutta vaunussa oli muitakin lapsia ja oli hauska seurata heidän touhujaan. Pikkutyttö mennä vilisti karkuun äidiltään. Kerran minäkin pysäytin hänet, ettei hän olisi livistänyt asemalla ovesta ulos. Takanani istuvat poika ja tyttö juttelivat Linnanmäen laitteista, joissa olivat käyneet. Olin mielessäni tytön kanssa samaa mieltä siitä, että puinen vuoristorata oli yllättävän huima laite.

Lueskelin lehtiä, joita äiti oli ostanut minulle matkalukemiseksi. Katselin välillä maisemia ja päätin laskea, kuinka monta hevosta näkisin matkan aikana. Nälän ilmoittaessa itsestään aloin syödä herkullisia matkaeväitäni. Söin ensin täytetyn patongin, sitten viinirypäleitä ja keksejä ja lopuksi otin tietenkin ksylitolipastilleja. Isä oli tarkka niiden kanssa. Niitä tai ksylitolipurukumia piti aina ottaa aterian jälkeen ja etenkin jos söi herkkuja. Isä oli pakannut useita rasioita mukaani, koska ei ollut varma, välittikö Hanna lainkaan ksylitolituotteista.

Lopulta matkanteko alkoi jo kyllästyttää minua. Lepäilin syötyäni ja ajattelematta mitään sen kummempaa vaivuin keveään uneen.

2. Luku

Kun heräsin, ulkona oli aivan pimeää. Pian maisemat näkyivät jälleen valoisina ja ymmärsin meidän olleen tunnelissa. Kohta kuuluikin jo kuulutus junan saapumisesta Jyväskylään. Pakkasin lehdet laukkuuni, otin sinisen hupparini ripustuskoukusta ja lähdin matkalaukun kanssa ovelle.

"Hei, tuolla hän on. Eikö olekin äiti?" kuulin tytön äänen sanovan. Käänsin päätäni äänen suuntaan ja siellähän tummatukkainen Hanna ja hänen vaaleatukkaiset lapsensa Emmi ja Aleksi olivat. Emmi oli pukeutunut värikkääseen kesähaalariin ja Aleksi tuijotti minua vihreän lippalakkinsa alta.

"Hei ja tervetuloa", Hanna sanoi. Emmi hymyili ja Aleksi virnuili. Minä hymyilin ja sanoin: "Moi."

Jatkoimme autolla matkaa heidän maatilalleen Loukkolaan. En ensin tiennyt, mitä olisin sanonut, mutta Hanna ja Emmi juttelivat ja kyselivät ja ennen kuin huomasinkaan, olin jo kertonut hassuista sattumuksista koulussa ja kevätnäytelmästä, jossa olin esittänyt keijua.

Vihdoin melkein tunnin ajomatkan jälkeen olimme perillä Loukkolassa.

"Miksi tämän paikan nimi on Loukkola?" kysyin.

"Se on joskus muinoin annettu. Tämä on tällaisessa syrjäisessä paikassa. Päätieltä pitää kääntyä sivutielle ja sivutieltä vielä toiselle sivutielle ja sen perällä tämä tila on", Hanna selitti.

Olimme ajaneet pihaan kahden talon keskelle. Oikealla hohti vielä himmeästi uutuuttaan pitkä yksikerroksinen punatiilitalo. Vasemmalla kohosi pimein ikkunoin vanha vaalea puutalo. Uuden talon vieressä oli monien marjapensaiden ja omenapuiden täyttämä puutarha, jonka keskellä oli iso keinu. Puutarhaa ympäröivien syreenien lempeä tuoksu tulvahti vastaan, kun nousin autosta. Läheisellä laitumella ammui lehmä. Olin aivan unohtanut, että Loukkolassa oli lehmiäkin.

"Kummassa talossa te asutte?" kysyin.

"Uudessa tiilitalossa tietenkin. Vanha talo on nykyisin tyhjillään ja varastona", Hanna vastasi.

"Ja leikkipaikkana", Emmi lisäsi.

"Ja kummitustalona", Aleksi lisäsi.

"Ei siellä kummituksia ole", sanoi Emmi.

"Mutta et kuitenkaan uskalla mennä sinne pimeäs-
sä!" vastasi Aleksi.

"Oletko itse muka käynyt siellä pimeässä?" Emmi
tivasi.

"Monta kertaa. Siellä on kiva hiiviskellä ja kuvitella
kaikenlaista."

"Ehditte pistäytyä siellä vaikka heti. Menen valmis-
tamaan illallista ja tulen sanomaan, kun ruoka on val-
mis, tai pyydän Henriä hakemaan teidät", Hanna sa-
noi.

Emmi hihkaisi riemusta. Minä en ollut varma, halu-
sinko heti tutustua tuohon vanhaan taloon, joka vaa-
leudestaan huolimatta näytti synkältä ikään kuin se ei
haluaisikaan kenenkään astuvan sisään.

Emmi oli kuitenkin jo avannut kuistin ulko-oven ja
hoputti minua sisällepäin. Nousin reunoiltaan hieman
murentuneiden sementtiportaiden pari askelmaa ja as-
tuin sisälle vanhan talon kuistille. Monine kapeine lasi-
ikkunoineen kuisti oli hyvin valoisa.

"Tämä ensimmäinen ovi vie tupaan. Sen vieressä
tuossa oikealla menevät portaat yläkertaan. Me asuim-
me siellä ennen, siis siellä on huone, jossa me nu-
kuimme. Portaitten toisella puolella on tuo ikkuna. Se
on vanhan isotäti Hiljan huoneen ikkuna. Siihen huo-
neeseen ei pääse. Se on lukittu. Kaikkialle muualle

kyllä pääsee, kellariinkin, jos vaan haluaa mennä. Tuosta viimeisestä ovesta tuolla ihan oikealla pääsee porstuaan, pieneen eteiseen, josta pääsee saliin sekä tuohon isotädin huoneeseen", Emmi esitteli.

"Annetaan Roosan avata ovi tupaan", Aleksi sanoi.

Tartuin kuluneen ja nuhruisen näköisen oven puiseen ovenripaan ja jouduin kiskaisemaan kovasti ennen kuin ovi aukesi. Tuvassa tuoksuivat vanhat tavarat ja ilma oli yllättävän viileää.

"Täällä on aika hämärää", sanoin.

"Silmät tottuvat pian. Ikkunoita on kolmella suunnalla, mutta ei ilta-auringon puolella. Täällä on valoisinta siis aamupäivällä. Tullaan huomenna jo aamulla tänne", Emmi selitti.

Tupa näytti olevan täynnä vanhoja rojuja, hylättyjä huonekaluja, lehtipinoja seinustaa kiertävällä vihreäksi maalatulla penkillä. Seinät olivat tummanruskeaa hirttä ja kun vilkaisin kattoa, se oli pikimusta.

"Tule peremmälle", Emmi sanoi ja ohitti minut. "Tämä on minun leikkimökkini. Maailman suurin leikkimökki. Leikin täällä yksin tai kavereitten kanssa. Akselin kanssa pelaamme salissa pingistä. Eikö ole upea?"

"On, vaikka sinänsä uskomaton ajatus: näin iso talo leikkimökkinä."

"Ei tämä ole pelkästään Emmin leikkimökki. Minulle tämä on aarretalo. Hiiviskelen täällä seikkailemassa", Aleksi sanoi.

"Tätä käytetään nykyään varastona. Emme vieneet täältä kuin muutaman huonekalun uuteen taloon. Ostimme mieluummin uusia. Siksi täältä löytyy vaikka mitä. Katso, tuolla seinällä on vielä peili ja tuossa on tuoli ja rahikin", Emmi selitti.

Katsoin Emmin osoittamaan suuntaan ja näin rahin päällä pinon ikivanhoilta näyttäviä lehtiä. Astuin muutaman askeleen lähemmäs seinustaa kiertävää penkkiä, joka tosiaan näytti jatkuvan joka suuntaan ympäri tupaa.

"Tämä penkkihän on kiinnitetty paikoilleen", hämmästelin ääneen.

"Tottakai. Helppo tapa järjestää istuimia, vai mitä?" Emmi sanoi.

Penkki oli täytetty vanhoilla kukkapurkeilla, pahvilaatikoilla ja lehtipinoilla. Halusin kokeilla istumista ikivanhalla penkillä, joten raivasin itselleni tilaa ja istahdin sille.

"Ties kuinka monta ihmistä on joskus istunut juuri tässä kohtaa. Eikö olisi hauskaa, jos penkki osaisi kertoa menneistä tapahtumista?" pohdin.

"Niin, mutta se olisi ihan arkista. Tämä on vain

tupa. Täällä syötiin, tehtiin töitä ja paistettiin leipää. Vaikka onhan täällä joskus kuvattu elokuvaakin."

"Ihan tosi?"

"Kyllä. Sen ohjaaja oli joku paikkakuntalainen ja hän tarvitsi vanhaa maalaistupaa elokuvaansa. Minä en tietenkään muista siitä yhtään mitään, koska olin vasta vauva siihen aikaan. Mutta hei, katso, miten jätti-mäinen uuni täällä on."

Käännyin kohti suurta kiviuunia, joka seisoi jyhkeä-nä ovelta katsottuna tuvan oikeassa laidassa. Se oli koottu isoista rosoisista graniittilohkareista. Muutama halko nojasi uunia vasten ja nekin näyttivät jättimäi-siltä.

"On kyllä valtava uuni."

"Siinä on paistettu monen monta ruisleipää kerralla ja se lämmitti koko tuvan. Muistan sen, kuinka joskus kylminä talvi-iltoina istuimme tuossa uunin pankolla lämpimän uunin kyljessä. Olin tosi pieni silloin, mutta muistan sen."

Vasemmalla sivulla uunin alaosa leveni penkiksi, jota Emmi tarkoitti pankolla. Kokeilin siinä istumista, mutta nyt se oli kova ja kylmä niin kuin koko asuma-ton talokin oli kolea, vaikka oli lämmin kesäpäivä.

"Nyt meillä on sellainen ihan pieni leivinuuni, johon mahtuu vain muutama leipä kerrallaan. Mutta tämä on yllättävä uuni, tule", Emmi sanoi ja johdatti minut ihan seinän viereen. Nyt vasta tajusin, ettei Aleksia näkynyt enää missään.

"Katso, portaat. Niitä pitkin pääsee uunin päälle. Oletko koskaan seisonut uunin päällä?" Emmi kysyi.

"En", vastasin ja seurasin Emmiä seinän vierustan kapeita kiviportaita ylös uunin päälle. "Nyt seison, mutta ei täällä aikuinen voisi seisoa, katto tulee vastaan."

"Mutta meille tämä sopii. Täällä on kuivatettu ja säilytetty ennen jotain", Emmi sanoi.

"Tämä on ihana salainen paikka. Vaikka olemme isossa tuvassa, olemme täällä silti piilossa. Tehdään tänne oma salamaja", ehdotin.

"Tehdään vaan!" Emmi innostui. "Tarvitsisimme istuimia ja pöydän. Ehkä jonkin hyllynkin."

"Mennään etsimään. Kai me saadaan siirrellä tavaroita täällä?" kysyin.

"Ilman muuta. Talo on enää vain varastona kaikelle romulle eli kaikkea mitä täällä on, voi käyttää", Emmi lupasi.

Hajaannuimme eri puolille tupaa etsimään jotakin salamajaamme sopivaa. Löysin jakkaran ja siirsin lehdet pois sen rahin päältä, jonka olin nähnyt jo aiemmin, ja kannoin ne ylös uunin päälle. Emmi oli jo tuonut pahvilaatikon pöydäksi.

"Minä tiedän, mistä löydämme vanhoja vilttejä",
Emmi sanoi ja riensi hakemaan niitä. Kuulin seuraavaksi hänen aivastelevan.

"Nämä ovat kamalan pölyisiä. Käyn ulkona pudistelemassa ne", hän selitti.

Kiertelin sillä välin tuvassa ja löysin pienen puuhyllykön. Vein sen salamajaamme ja Emmi asetteli viltit meille sohvaksi.

"Tässä voimme ottaa torkut tai jos on kylmä, voimme kietoutua niihin."

Myönnän, etteivät vanhat viltit houkutelleet minua kietoutumaan niihin, mutta en viitsinyt mainita siitä Emmille mitään. Istuin rahille ja Emmi istui jakkaralle ja pohdimme, mitä vielä tarvitsisimme.

"Tuodaan tänne paperia ja kyniä. Voimme piirrellä tai tehdä salaisia muistiinpanoja", Emmi pohti.

Silloin kuului aavemainen ääni ja jotain valkoista pompahti näköpiiriimme tuvan puolelta.

"Huu, huhuu! "

Kirkaisin kovaan ääneen, en voinut sille mitään! Emmi tajusi heti Aleksin olevan asialla ja ryntäsi hänen peräänsä, mutta siinä samassa tuvan ovi avautui ja Emmin ja Aleksin vaaleatukkainen isä Henri tuli hakemaan meitä syömään. Emmi riisti Aleksilta harjan, jonka päähän tämä oli pistänyt valkoisen kankaan.

"Aleksiko täällä on taas kummitellut?" Henri kysyi.
"Älä pelkää, Roosa. Ei täällä muita kummituksia tule
olemaan. Aleksi vaan tykkää leikitellä."

Emme palanneet enää tuona iltana vanhaan ta-
loon. Ruokailun jälkeen vietimme iltaa pelaten ensin
ulkona Mölkkyä ja sen jälkeen sisällä lautapelejä.

Emmin huoneeseen oli kannettu toinen sänky ja
sain jakaa huoneen hänen kanssaan. Se tuntui hie-
man oudolta, sillä olin tottunut nukkumaan yksin. Huo-
ne oli kuitenkin juuri sellainen, jossa itsekin viihtyisin.
Sängyillä oli koristeelliset virkatut peitot, kirjahylly oli
täytetty kirjojen lisäksi pehmoilla, nukeilla, kynillä ja
askartelutarvikkeilla. Seinillä oli julisteita kissoista ja
hevosista sekä Emmin mielestäni aika taidokkaita pii-
rustuksia ja vesivärimaalauksia. Tykkäsin erityisesti
yhdestä auringonlaskua esittävästä maalauksesta.

Kun olimme kääriytyneet peittojemme alle, juttelim-
me ensin hieman, mutta sitten Emmi hiljeni. Kuuntelin
hänen unista hengitystään ja mietin salamajaamme.
Lomasta Loukkolassa saattaisi tulla mielenkiintoisempi
kuin olisin ikinä voinut kuvitellakaan. Enkä ollut vielä
edes käynyt kaikissa vanhan talon huoneissa.

3. Luku

Seuraavana aamuna aamupalan jälkeen otimme kyniä ja paperia ja menimme salamajaamme. Piirtelimme ja juttelimme ja sitten Emmi ehdotti:

"Haetaan alhaalta Aku Ankkoja ja lueskellaan niitä."

Astuimme kivirappusia alas lehtiä pursuilevan penkin luo. Minun vielä ihmetellessä sekä lehtien suurta määrää että niiden kellastunutta ulkoasua Emmi lastasi Aku Ankka -pinoja käsivarsilleni.

"Nuo muut lehdet ovat ikivanhoja tylsiä aikuisten lehtiä. Kerran leikkelin niistä kuvia ja tein kuvakirjan. Oikeasti ne ovat aika hassuja, koska teksti on niin vanhahtavaa. Mutta mennään nyt lukemaan."

Asettauduimme salamajaamme vilteille lueskelemaan. Luimme monta lehteä ennen kuin meidät yllätettiin.

Olin kaikessa rauhassa juuri kääntämässä sivua, kun minua osui suoraan polviin. Pian outoja, toisaalta pehmeitä, silti kovantuntuisia palloja satoi lisää.

"Kuka meitä häiritsee?" puhisin.

Emmi katsoi varovasti tupaan.

"Tietysti Aleksi!"

Aleksi nauroi. Hänellä oli enää yksi pallo käsissään.

"Senkin katala veli", Emmi sähähti, keräsi naruista tehtyjä palloja käsiinsä ja heitti Aleksia. Minä tein samoin. Nyt meillä oli enemmän palloja.

Aleksi lähti karkuun tai niin luulimme. Säntäsimme hänen peräänsä. Otimme palloja käsiimme ja yritimme osua häneen. Muutama pallo osuikin hänen juostessaan keittiön läpi.

Tuvasta pääsi siis keittiöön. Seuraavan oven Aleksi paukautti perässään kiinni. Avasimme sen pahaa aavistamatta ja niin jouduimme tulituksen kohteeksi. Pakenimme takaisin keittiöön.

Nyt ymmärsin, mitä pallot olivat. Huoneessa, johon juuri kurkistimme, oli isot puiset kangaspuut, joten pallot olivat tietysti matonkuteita. Keräsimme kaikki pallot keittiöstä ja tuvasta ja päätimme yllättää Aleksin. Avasimme huoneen oven yhtäkkiä ja heitimme pallot, mutta Aleksi ei ollutkaan siellä.

Etenimme keriemme kanssa varovasti seuraavaan huoneeseen, nurkkahuoneeseen, joka oli yllättäen aivan tyhjä.

"Tämä huone raivattiin tyhjäksi, kun harjoittelimme

viime kesänä tansseja yksiin häihin. Seuraava huone on sali. Se on aika iso", Emmi sanoi.

Mutta Aleksi ei ollut salissakaan. Salin nurkassa oli korkea hopeanvärinen pönttöuuni samoin kuin oli ollut niissä huoneissa, joiden läpi olin juuri hiipinyt. Iso pingispöytä oli keskellä salia ja vanhoja huonekaluja salin laitamilla. Otin käteeni pingismailan, kun meidät taas yllätettiin.

Aleksi oli kiertänyt talon ja heitti meitä kerillä takaapäin. Aikamme sodittuamme Aleksi ehdotti rauhaa:

"Tehdään rauha."

"Joo", vastasimme Emmin kanssa yhtäaikaa hengästyneinä. Vaikka matonkudekeräsotamme oli ollut hauska, oli jo aika lopettaa se.

"Tehdään virallinen rauhansopimus", Aleksi sanoi, haki jostakin palan vaneria ja kaivoi taskustaan kynän.

"Rauhansopimus", hän kirjoitti. "Pistetään vielä päivämäärä ja nimet alle."

Kirjoitin nimeni seuraavaksi ja Emmi viimeiseksi.

"Nyt meidän on sitten palautettava kaikki matonkuteet paikoilleen. Tulee hirveä meteli, jos niitä on joka paikassa. Aleksi, sinä myös", Emmi painotti.

"Sovitaanko, että te hävisitte ja siksi keräätte kaiken?" kehtasi Aleksi julkeasti ehdottaa.

"Ei varmasti sovi", sanoimme Emmin kanssa.

Keräsimme kerät yhdessä ja veimme ne tyhjän huoneen kautta siihen huoneeseen, missä olivat kangaspuut.

"Mummoni ja pappani nukkuivat tässä huoneessa aikoinaan. Pappa kuoli jo ennen kuin uusi talo valmistui ja mummo pian sen jälkeen", Emmi kertoi.

"Nurkkahuoneessa nukkui milloin kukakin. Viimeksi tätini Mielikki, siis isäni sisko nukkui siellä ennen kuin muutti pois. Sen ikkunalla pidettiin pimeällä valoa, kun menimme ulkosaunaan. Nyt uudessa talossa meillä on sauna sisällä eikä enää tarvitse kulkea pihan poikki."

"Entä sali? Kuka siellä nukkui?" kysyin palatessamme saliin pelaamaan pingistä tai pikemminkin yrittämään. En ollut aiemmin pelannut sitä.

"Ei täällä salissa yleensä nukuttu. Tämä oli enimmäkseen kylmänä ja tätä käytettiin vain juhlatilaisuuksissa", Aleksi sanoi.

"Tulkaahan syömään lapset. Lähdetään sitten rannalle", Hanna huusi meitä vanhan talon kuistilta.

Lopetimme pelaamisen ja siirryimme salista pieneen eteishuoneeseen.

"Tämä on porstua, pieni eteinen. Tästä pääsee kuistille ja vanhan Hiljan huoneeseen, mutta sen ovi on lukossa", Emmi sanoi.

Varmuuden vuoksi kokeilin kuitenkin oven kahvaa. Lukossahan se oli.

””Hilja ei koskaan päästänyt meitä lapsia tähän vanhan talon huoneeseensa. Sinne pitäisi varmaan murtautua, jos sen haluaisi nähdä. Onnistuisikohan tuo?” Aleksi pohti.

”Siellä on vieläkin paljon Hiljan tavaroita, vaikka tietysti osa siirrettiin aikoinaan uuteen taloon. Hilja oli isäni isän sisko. Hän kuoli keväällä. Sitä ennen hän oli pitkään sairaalassa. Siksi hänen kuolemansa ei tuntunut järkyttävältä tai hirveän surulliselta. Olimme jo tottuneet siihen ajatukseen, sillä hän oli ollut jo aiemminkin sairaalassa pari kertaa, vaikka onhan se haikeaa, kun en enää voi mennä hänen huoneeseensa juttelemaan. Minulla oli tapana tehdä niin aina joskus. Tätini Mielikki on tulossa käymään meillä piakkoin. Hänen on määrä käydä läpi Hiljan omaisuus, kaikki mitä uudesta talosta löytyy ja mitä tuon lukitun huoneen sisällä vielä on. Hän sitten päättää, mitä Hiljan tavaroille tehdään. Hilma-tätikin varmasti tahtoo nähdä niitä tavaroita, mutta hän on niin vanha, ettei tavaroiden läpikäyminen häneltä luonnistu. Hilma on isäni täti ja sen kuolleen Hiljan sisko, kymmenisen vuotta häntä nuorempi. Kaikki korut hän ainakin haluaa nähdä ja laskea ennen kuin niitä muille annetaan”,

Emmi selitti.

Salaperäinen lukittu huone kiinnosti minua kovasti, joten kysyin:

"Tuleeko se Mielikki piankin? Ajattelin vain, että olisi kiinnostavaa nähdä tuo lukittu huone. Antaisikohan hän meidänkin katsoa sinne?"

"Varmasti. Mielikki on kiva täti. Kesän alussa hänen piti tulla ja nyt on kesän alku", Emmi vastasi.

Ruokailun jälkeen sain tutustua lähemmin tilan eläimiin. Kävimme vasikoitten laitumella taputtelemassa vasikoita, jotka olivatkin mielestäni paljon söpömpiä kuin isot sarvekkaat lehmät. Kanalassa sain kerätä munia, joista jotkin olivat vielä lämpimiä. Illan vietimme rannalla vedessä peuhaten. Kävimme usein saunassa, sillä vesi oli aika koleaa, mutta tällä kertaa en pelännyt sitä.

Uimisen jälkeen juoksentelimme pitkin rantaa ja kiipesimme saunan takana seisovalle isolle kivelle, jonka varmaan jääkauden sulamisvedet olivat siihen paikkaan raahanneet. Söimme muurinpohjalettuja ja poimimme mökin pieneen maljakkoon metsätähtiä. Sain myös opetella soutamaan. Räiskäyttelin vettä Emmin päälle, kun en ensin osannut soutaa, mutta Emmi ei siitä välittänyt, vaan neuvoi minua kärsivällisesti.

En kuitenkaan miettinyt mitään näitä tapahtumia mennessäni illalla nukkumaan. Mietin pitkään salaista lukittua huonetta. Löytyisiköhän sieltä jokin aarre vai olisiko siellä jotakin kamalaa, hirveitä naamareita tai luuranko kaapissa. Äh, tuskinpa, sillä sehän oli vanhan tädin huone, vaikka mistä sitä tiesi vanhoista tädeistä-kään mitä kaikkea he olivat pitkän elämänsä varrella kokeneet ja keräilleet?

4. Luku

Seuraavana päivänä Aleksi otti johdon käsiinsä, kun olimme astuneet vanhan talon tupaan:

"Tänään näytämme Roosalle kaikkein jännimmät paikat."

"Mielikki ei ole vielä tullut", Emmi sanoi.

"Luuletko, että vanhan Hiljan huone olisi jännittävin? Hah. On täällä jotain vielä jännittävämpääkin", Aleksi sanoi.

Menimme Aleksin perässä tuvasta keittiöön, jossa ikkunasta tulviva valo paljasti useita rikkinäisiä astioita, kulhoja ja kuppeja tiskipöydän tuntumassa.

"Arvaapas, mikä huone tämän oven takaa löytyy?" Aleksi sanoi ja osoitti ovea, joka ei millään voinut viedä mihinkään isoon tilaan, koska se oli kohti tupaa.

"Olisiko varasto?" arvasin ja Aleksi kehotti avaamaan oven.

"Tämä on vessa, mutta ilman pyttyä!" ihmettelin. Pikkuruisessa huoneessa oli lavuaari ja ikivanha pyöreä potta, mutta ei tosiaankaan mitään pyttyä tai edes koloa, jossa joskus olisi ollut pytty.

"Meillä oli ulkohuussi silloin, kun asuttiin tässä talossa. Tässä kävivät vain pikkulapset, kuten Emmi ja joku aikuinen yöllä ämpärillä, jos ei ulkohuussiin jaksanut lähteä", Aleksi selitti.

"Itsekin kävit ihan varmasti tässä pikkupoikana", Emmi väitti.

"Mutta nyt, yksi jännittävimmistä huoneista. Saat sitten lopuksi sanoa, mikä mielestäsi on jännittävin", Aleksi sanoi ja osoitti kapeaa ovea tuvasta keittiöön tultaessa heti oikealla. Sen vieressä oli toinen leveämpi ovi.

"Se vieressä oleva ovi on toinen ovi vanhan Hiljan huoneeseen, mutta tämä kapea ovi", Aleksi avasi oven teatraalisesti, "vie suoraan maan alle."

"Siis kellariin", Emmi sanoi. "Tule, ei siellä mitään pelottavaa ole."

Pelkäsin ensin meidän joutuvan aivan pimeään, mutta alhaalta kajasti hieman valoa. Ilma tuntui kostealta ja haistoin maan hajua. Alhaalla mahduimme hyvin hyllyjen väliin. Huomasin pienen matalan ikkunan ylhäällä.

"Se on ihan maan tasalla, se ikkuna. Voin näyttää sen paikan ulkona sinulle joskus", Emmi sanoi.

"Mitä pidät?" Aleksi kysyi.

"Täällä on kylmä ja haisee oudolta. En tykkää. Enkä haluaisi yksin tulla tänne."

"Mennään pois. Tästä paikasta minäkin tykkään vähiten tässä talossa", Emmi sanoi.

Kävelimme peräkanaa kapeita kivirappusia ylös.

"Sitten seuraava jännittävä paikka: aaveita kuhiseva ullakkomme", Aleksi sanoi.

"Ei siellä muita aaveita ole kuin sinä", Emmi sähähti.

"En minä ole aave", Aleksi yritti.

"Sinähän se kerran liehuit valkoisessa lakanassa ja pelästytit koulukaverini", Emmi syytti.

"Täytyyhän sitä jotakin yrittää, kun tyttölauma valtaa upean vanhan talomme. Näytetään nyt ullakko Roosalle."

Menimme siis ensin kuistille ja nousimme siitä pitkiä harmaaksi maalattuja puuportaita pitkin ylös ullakolle. Portaat narisivat ikään kuin talo olisi valittanut siitä, että joku häiritsi sen rauhaa.

Ullakolla vasemmalla oli ainoa ikkuna ja siitä virtasi ihanaa päivänvaloa muutoin kovin hämärään tilaan. Sielläpäin oli iso lautakasa ja seinän vieressä pahvilaatikoita.

"Hei, tuolla ikkunalaudalla on meidän Hermannikissa. Täälläkö se kaiket päivät viettää?" Emmi sanoi ja syöksyi ikkunaa kohti.

Valkoinen kissa kehräsi tyytyväisenä, kun Emmi silitti sitä. Minäkin silitin kissan pehmeää turkkia, kun samassa kuulin oudon äänen

"Klonk, klonk, klonk", kaikui portaista.

"Se on Aleksi, ihan varmasti", Emmi kuiskasi. Hän ojensi minulle vanhan viltin ja sanoi: "Pane se yllesi."

Emmi piiloutui lautakasan viereen.

"Ouii-i!" kirkui valkoinen aave, jonka näin viltin raosta.

"Ouii-i!" vastasin sille toivoen aaveen todella olevan Aleksi.

Emmi ryömi hiljaa Aleksia kohti. Minä kirkaisin ja toistin:

"Ouii-ii!"

"Aleksi, huono yritys", Emmi sanoi nousten esiin ja kiskaisten lakanan Aleksin päältä.

"Äh, hieno yrityspäs", Aleksi sanoi. "Ei teitä näemme voi pelotella."

"Ouii-i", kirkaisin vielä ja heilutin vilttiä.

Myöhemmin Emmi sanoi Aleksin näyttäneen säikähtäneeltä, mutta juuri tuollon minua alkoi pölyinen viltti yskittää ja niin riisuin sen yltäni.

"Kyllä Roosa oli parempi aave, vai mitä? Sinä,

Aleksi, et pysty meitä huijaamaan. Turha yrittääkään enää", Emmi sanoi.

"Täällä on pimeitä nurkkia kuten huomaat", Aleksi sanoi. Katto kohosi täällä harjakattona. Sahanpurua eristeenä näkyi kaikkialla paitsi portaista oikealle vievällä puisella käytävällä, jonka päädyssä oli ovi.

"Tule mennään ullakon ainoaan varsinaiseen huoneeseen", Emmi sanoi.

Kävelimme kohti oikealla olevaa ovea. Vilkuilin vintille unohdettuja tavaroita, vaatteitakin siellä näkyi.

Emmi avasi oven ja esitteli huoneen:

"Tässä huoneessa nukuimme minä, äiti, isä ja Aleksi. Tosin en itse sitä enää muista."

Huoneen päädyssä oleva ikkuna valaisi huoneen lempeästi. Seinät oli tapetoitu vaaleilla tapeteilla, jotka nyt olivat aivan kuluneen näköisiä ja paikoitellen tahraisia. Huoneessa oli sotkuista, pahvilaatikoita, kukkatelineitä, jakkaroita ja kaikenlaista pientä tavaraa siellä ja täällä, vanhaan taloon hylättyjä esineitä, joille ei uudessa talossa ollut sijaa. Huomasin pienen oven huoneen ovesta jonkin matkan päässä oikealla.

"Mihin tämä ovi vie?" sanoin epäröidessäni, avaisinko jälleen yllättävän oven.

"Se on komero", Aleksi sanoi.

Viistokattoinen hyllyjä täynnä oleva komero viehätti

minua. Siinäkin olisi kiva salamajapaikka tai ainakin piilopaikka.

Tutkiskelimme tavaroita ja kun tarkastelin tummanruskeaa puista kolmikerroksista telinettä keksin idean:

"Tähän telineeseen voisi rakentaa barbeille kodin."

"Siinä on joskus ollut kukkia ainakin ylimmällä tasolla", Emmi tiesi.

"Siihen voisi kehittää hissin. Tämä purnukka voisi olla kori. Ehkä jostain matonkuteesta voisi ottaa köyden hissiin", sanoin ja Emmin nyökättyä kipaisin äkkiä hakemassa yhden pienen matonkudekerän.

"Nukkeleikkejä. Nähdään toiste", Aleksi sanoi jättäessään meidät rauhassa puuhailemaan keskenämme.

Valmistaessani hissiä Emmi järjesteli pahvilaatikoista, vanhasta kaminasta ja eritasokukkatelineestä omaa barbikotiaan. Löysimme vinttihuoneesta joitakin sopivia tavaroita kalusteiksi barbikoteihin: vanhoja purnukoita ja vaatetilkkuja, rikkinäisiä kapeita pirtoja, joista sai hyviä tikapuita.

"Pirta kuuluu kangaspuihin. Sen ohuiden säleiden väleihin pujotetaan lankoja", Emmi osasi kertoa minulle.

Etsimme vielä alakerrasta sopivia hylättyjä astioita,

joita voisimme käyttää. Löysin kulhon ammeeksi ja pienen mukin kukkamaljakoksi. Hain uudesta talosta vettä ja ulkoa kukkia maljakkooni ja keräsin samalla muutamia pieniä kiviä. Halusin kiviterassin barbitalooni.

Emmin eritasoisen kukkatelineen huoneet olivat söpöjä vaikkakin aika pieniä. Yhdessä niistä saattoi lukea tai katsella televisiota, yhdessä kirjoittaa ja yhdessä voimistella. Makuuhuoneesta hän teki ison ja taitteli kangastilkuista muhkean sängyn.

Minä tein makuuhuoneen kolmikerroksisen kukkatelineen toiseen kerrokseen. Verhoilin sen löytämälläni rikkinäisellä pitsiverhon riekaleella. Pienelle puulaatikolle pistin pehmusteeksi kankaita. Yläkerrokseen rakensin olohuoneen ja alimpaan keittiön ja voimisteluhuoneen. Leikkelin paperista lautasia ja ruokailuvälineitä. Taittelin ja teippasin kattiloita ja pannuja.

Haimme lopulta Emmin barbit ja kokeilimme asuntoja. Hissi toimi hyvin ja siihen mahtui useampikin barbi. Meillä oli hauskaa leikkiessämme barbeilla näiden uusissa kodeissa. Innostuimme vierailuni aikana leikkimisen lisäksi myös usein uudistamaan koteja. Oli kiva suunnitella ja rakennella asuntoja aina uudestaan. Viihdyimme nyt paremmin vintillä kuin hämärässä salamajassa tuvan uunin päällä.

Mutta palataan tuohon päivään, jolloin ensim-
mäisen kerran leikimme barbeille rakentamissamme
kodeissa.

Leikittyämme tarpeeksi ja syötyämme pelasimme
jalkapalloa Aleksin kanssa pihalla. Kieltäydyin mene-
mästä maalivahdiksi, sillä huomasin pian sekä Emmin
että Aleksin olevan tosi kovia laukomaan enkä minä ol-
lut pelannut jalkapalloa kuin koulussa.

"Hei lapset, Mielikki soitti juuri. Hän tulee huomen-
na", Hanna sanoi tullessaan pihamaalle.

"Vihdoinkin! Emmekö saakin kaikki nähdä Hiljan
huoneen? Roosakin odottaa sitä, vai mitä Roosa?"
Emmi kysyi.

"Olisi kyllä kiva nähdä se", sanoin innokkaana.
Vaikka Hilja ei minulle mitään sukua ollutkaan, olin jo
enemmän kuin utelias näkemään tuon huoneen.

"Huomenna sitten", Hanna sanoi.

Nukkumaan mennessä mietin rakentamaani barbikotia
ja pohdin, miten voisin parannella sitä. Mietin kellaria
ja vinttiä ja ajattelin, etten todellakaan haluaisi kulkea
tuossa talossa yön pimeydessä, vaikka päivällä se
olikin mitä ihanin ja erikoisin leikkipaikka. Emmi
nukahti taas ennen minua ja lopulta minäkin nukahdin,
kun rauhoituin kuuntelemaan hänen unista hengitys-

tään. Kaipaisinkohan kotonakin vieressä nukkujaa, kun joskus palaisin kotiin?

5. luku

Saimme kuitenkin odottaa seuraavan päivän iltaan asti ennen kuin Mielikki lopulta tuli. Leikimme päivällä barbeilla ja kävimme rannalla uimassa.

Viimein Mielikki kuitenkin ajoi autollaan pihaan. Emmi ja minä odotimme heti pääsevämme tutkimaan Hiljan huonetta, mutta saimmekin katsoa ja kuunnalla, kun aikuiset vaihtoivat kuulumisiaan: mitä kuului isän serkuille ja kuinka Mielikin matka Venetsiaan oli sujunut.

Lopulta kyllästyttyämme perinjuurin Emmi kysyi:

"Hei käytäisiinkö jo katsomassa sitä Hiljan huonetta? Olen odottanut sitä jo monta viikkoa."

"Ei tänään. Huomenna vasta", Hanna sanoi.

"Niin minäkin ajattelin", Mielikki sanoi.

"Voi ei", huokaisimme pettyneinä.

"Minähän sanoin, että sinne pitäisi murtautua, jotta sen näkisimme. Olisi ehkä kuitenkin pitänyt yrittää", Aleksikin sanoi pettyneenä.

"No, jos se nyt noin tärkeää on, niin avaan huoneen oven ja kurkistetaan sisään, mutta ei vielä kosketa tavaroihin", Mielikki sanoi.

"Jippii!" huusimme innosta Emmin kanssa ja Aleksikin hymyili.

"Otetaan taskulamput mukaan. Se huone on tosi hämärä, kun valo tulee ikkunasta, joka avautuu kuistille eikä ulkoilmaan", Hanna sanoi.

Emmi otti Mielikkiä kädestä ja vei häntä kohti vanhaa taloa. Menimme tuvan kautta keittiöön. Menimme sisään kellarin oven vieressä olevasta ovesta. Mielikki etsi käsilaukustaan avaimen, aivan tavallisen vanhanaikaisen avaimen ja vihdoin ovi avautui.

Yritimme kaikki tunkea yhtäaikaa oviaukkoon. Mielikki ja äiti valaisivat huonetta taskulampuilla. Emmi livahti huoneen puolelle. Me muut vain tuijotimme oviaukossa.

Mitään naamioita tai luurankoja ei tietenkään näkynyt. Tummilla kankailla peitettyjä huonekaluja, pahvilaatikoita täälläkin, mattoja pinossa, kulunut tuoli ja jyhkeä musta kaapisto. Sellainen olisi vienyt omassa pienessä huoneessani kotona valtavan ison tilan.

"Tylsältähän tämä näyttää", sanoi Aleksi.

"Älä vielä sano. Ties mitä löytyy piirongin kätköistä", Emmi sanoi.

"Vanhoja alushousuja, tietty", Aleksi sanoi.

Iso jyhkeä kaappi oli siis piironki.

"Tämä riittäköön uteliaisuutenne tyydyttämiseksi tältä illalta. Huomenna käymme tavarat läpi", Mielikki sanoi ja poistuimme vanhasta talosta.

Aleksi näytti pettyneeltä. Emmi taas näytti pitävän vielä yllä toivoa jostakin jännittävästä. Minä olin piirongin lumoissa.

En millään meinannut saada unta sinä iltana, kun kuvittelin, kuinka piirongin pöytätason päällä olevasta peilistä näkyisi outo salaperäinen maailma tai laatikoista paljastuisi jokin luuranko tai edes fossiili. Tai sitten sieltä löytyisi portti toiseen maailmaan tai edes aarre. Upea arkku täynnä kultakolikoita...

6. luku

Seuraavana aamuna houkuttelimme Mielikin heti aamiaisen jälkeen Hiljan huoneeseen.

"Te taidatte odottaa jotakin hienoa yllätystä, mutta isotäti oli ihan tavallinen vanha nainen. Ei hänellä mitään niin kovin ihmeellistä voinut olla", Mielikki sanoi.

"Tänään se selviää", Emmi sanoi ja minä nyökyttelin.

Seisoimme hetken Hiljan huoneessa ummehtunutta ilmaa haistellen. Mielikki avasi huoneen kuistille avautuvan ikkunan.

"Avaa tuo toinenkin ovi. Se vie porstuaan, josta pääsee saliin ja kuistille. Olisi kiva juosta ympäri taloa tämän huoneen kautta", Emmi pyysi.

Mielikki teki niin ja juoksimme kokeeksi pari kertaa talon ympäri huoneen kautta.

"Nämä ovet kannattaa jättää auki. Olisi niin kiva leikkiä tässäkin huoneessa", Emmi sanoi.

"Niin ja juosta ympäri taloa", Mielikki jatkoi ja avasi

vuorotellen piirongin kolme alinta laatikkoa. Sieltä löytyi tyyny, peitto ja lakanoita sekä pino lehtiä ja kirjoja. Ylin laatikko oli tyhjä.

Seuraavaksi Mielikki avasi piirongin yläosan kannen. Se avautui ylhäältä alaspäin. Sisältä paljastui useita pieniä vedettäviä laatikoita ja yksi isompi pystysuuntainen kaappi. Niiden avaaminen olikin kaikista jännittävintä.

Ensimmäisestä löytyi nappeja ja lankarullia langalla ja ilman. Toisesta löytyi neuloja ja sukkapuikkoja.

"Mikä tämä on?" Emmi kysyi avattuaan pystysuuntaisen kaapin oven ja kohottaessaan näkyviin pullon, jonka sisällä neste heilui.

"Näyttäisi olevan ikivanhaa yskänlääkettä, mutta ei sillä enää yskä lähtisi, pikemminkin henki", Mielikki sanoi ja irvisti pullolle.

Yhdestä laatikosta löytyi upea iso simpukankuori. Yritimme kuunnella siitä meren kohinaa. Emmi sanoi kuulleensa, mutta minulta se ei onnistunut.

"Koruja täällä ei taida olla enää. Nehän Hanna löysi uudesta talosta. Toivoin niin, että täällä olisi jokin koru vielä lojunut piilossa", Mielikki sanoi tarttuessaan viimeiseen pieneen laatikkoon. Mutta se oli jumissa. Mielikki kiskoi ja kiskoi, mutta ei saanut vedettyä sitä auki.

Aleksi tarjoutui auttamaan. Hän otti keittiöstä vanhan veitsen, ujutti sitä laatikon ympäri ja kas, hänen nyt vetäessään laatikko avautui.

Tuijotimme tyrmistyneinä laatikon sisältöä. Siellä oli useita kolikoita, vanhoja, ehkä muinaisia kolikoita. Kaksi näytti hopeiselta, muutama pronssiselta, joissakin oli ihmisen kuva. Toisissa oli outoja merkkejä ja outoa tekstiä. Mukana oli ikivanhoja markkoja, jollaisia en koskaan ennen ollut nähnyt. Muutama vanha setelikin laatikosta löytyi.

"Täällä tosiaan oli aarre", Aleksi vihdoin rikkoi hiljaisuuden, jonka vallassa olimme kolikoita ihmetelleet.

"Ovatkohan nämä arvokkaita?" Emmi pohti.

"En ollut koskaan aiemmin kuullutkaan, että Hiljalla olisi halussaan vanhoja rahoja", Mielikki sanoi.

"Hei, mutta Leinosten mökin uusi omistaja on numismaatikko, vanhojen rahojen tuntija. Ehkä hän voisi vilkaista näitä ja sanoa, ovatko ne arvokkaita", Aleksi keksi.

"Se on hyvä idea", Mielikki sanoi ja Aleksi juoksi samantien polkupyörälleen hakeakseen tuon numismaatikon.

Me muut kierrätimme kylmiä kolikoita kunnioittavasti käsissämme ja ihmettelimme niitä. Olisiko käsissämme suurikin aarre?

"Nämä ovat kyllä vanhoja. Odottakaas, kun lasken",

Mielikki sanoi ja keräsi kaikki kolikot itselleen.

"Näitä on peräti 29 kappaletta ja kymmenisen vanhaa seteliä. Olisikohan näissä edes jokin arvokas kolikko?" hän pohti.

Aikanaan Aleksi palasi harmaisiin pukeutuneen vanhahkon miehen kanssa. Sillä välin olimme käyneet loput tavarat läpi. Olimme löytäneet mattoja, seinäkankaita, ikivanhoja tapettikääröjä.

"Hyvää päivää. Olen Lauri Takalo", vanhahko mies esittäytyi. "Täältäkö on löytynyt vanhoja kolikoita?"

"Kyllä vaan", Mielikki sanoi kätellessään Lauria. "Täältä isotäti Hiljan vanhasta piirongista ne löytyivät. Katsokaa."

Olimme pistäneet kaikki kolikot takaisin laatikkoon ja sitä Mielikki nyt Laurille näytti.

Tarkkailin kiinnostuneena Lauria. Hän oli tullessaan näyttänyt innostuneelta ja kun hän näki kolikot, hän tuntui hetkeksi oikein syttyvän innosta, mutta samantien hän huokaisi ja vakavoitui. Käänneltyään tovin kolikoita käsissään hän lopulta sanoi:

"Kyllä, vanhoista kolikoista on kyse. Ei kuitenkaan erityisen arvokkaista. Voin tarjota näistä, sanotaan nyt satasen ja sekin on aika lailla ylihintaa, mutta pääsisitte näistä saman tien eroon. Vanhojen rahojen kerääminen on minulle enemmän harrastus kuin rahan ansaitsemiskeino ja välillä sitä hamuaa arvotontakin killinkiä.”

”Ei, emme voi näitä noin vain myydä. Hilma-täti tahtoo varmasti nähdä nämä ja ehkä haluamme toisenkin arvion. Kiitos kuitenkin, kun vaivauduitte tänne”, Mielikki sanoi, sulki laatikon ja piirongin jättäen piirongin avaimen paikoilleen.

”No, mukavahan se oli tämä teidän pieni aarteenne toki nähdä. Tiedätte nyt, ketä kiinnostaisi ostaa pienet kolikkonne”, Lauri sanoi hymyillen.

Aloimme lähteä pois huoneesta. Silloin Emmi pyysi:

”Ovet voisi jättää auki niin voisimme juosta huoneen läpi.”

”Mikä ettei? Eihän täällä mitään niin kovin arvokasta ole. Eikä täällä syvällä maaseudun uumenissa varkaitakaan taida käydä.”

Aikuisten lähdettyä leikimme Aleksin kanssa piilosta. Sain olla ensimmäinen etsijä. Arvasin Emmin menneen Hiljan huoneeseen ja sieltä piirongin sivulta hänet löysinkin. Aleksia etsimme yhdessä, kunnes keksin etsiä häntä salamajastamme. Sieltä hän löytyi Aku Ankkaa lukemasta.

Minä piilouduin ensimmäisen kerran keittiön

lavuaarihuoneeseen eikä minua meinattu millään löytää. Toisella kerralla uskaltauduin kellarin oven taakse aivan portaiden yläpäähän. Se oli huono valinta, sillä pimeys ja alaspäin menevät portaat alkoivat pelottaa alhaalta tulevasta heikosta valonkajosta huolimatta.

Kun olin kuullut Emmin menevän ohi, vaihdoin piiloni Hiljan huoneeseen, mistä Emmi minut pian löysi.

Hilma tuli illalla niin väsyneenä matkastaan, ettei hän heti jaksanut lähteä tutkimaan Hiljan tavaroita. Kerroimme kuitenkin kolikoista ja Hilma riemastui.

"Arvasin sen. Hilja joskus puhui pienestä aarteestaan, joka osin oli kulkenut suvussa, osin oli hänen itsensä keräämä. Hän ei koskaan suostunut näyttämään sitä minulle, joten sanoin hänelle suoraan, etten hänen puheitaan uskonut. Vaikka pienihän tuo aarre on, 29 kolikkoa ja muutama seteli. Ovatkohan edes sen ostajaehdokkaan tarjoaman satasen arvoisia?"

"Täytyyhän siitä nyt toinenkin arvio saada", Mielikki sanoi ja Henri nyökkäsi.

Mietin kolikoita nukkumaan mennessä. Aarre oli sittenkin löytynyt. Vaikka se ei ollutkaan perinteiseen tapaan arkussa, oli se silti mielestäni aarre.

Sitten mietin, kuinka tuohon isoon vanhaan taloon olisi voinut kätkeä oikean aarrearkunkin. Kävin mielessäni läpi talon eri huoneita kuvitellen mahdollisia kätköpaikkoja. Vintti sahanpuruineen olisi tietysti loistava piilopaikka, mutta kovin hankala etsijälle.

En ollut varma kumpi meistä nukahti ensimmäisenä, sillä Emmi kääntyili tämän tästä. Kenties hänkin mietti kolikoita.

7. luku

Seuraavana päivänä menimme heti aamiaisen jälkeen Hiljan huoneeseen näyttääksemme Hilmalle kolikot ja kaikki muutkin Hiljan tavarat.

Avatessaan piironkia Mielikki kertasi uudelleen sen, miten olimme löytäneet kolikot edellisenä päivänä. Sitten hänen täytyi taas vetää kolikkolaatikkoa voimakkaasti, sillä laatikko pisti vieläkin vastaan.

Tuijotimme jälleen yllättyneinä laatikkoa tai oikeastaan sen tyhjyyttä, sillä ainuttakaan kolikkoa tai seteliä ei näkynyt, eikä niitä mistään ilmestynyt vaikka kuinka tuijotimme.

Mielikki alkoi kiireesti avata muita laatikoita, mutta kolikoita ei löytynyt niistäkään.

"Kyllä ne siellä olivat. Sinä suljit piirongin kannen ja sitten lähdimme. Eihän meistä kukaan enää sen jälkeen piironkiin koskenut?" Aleksi kysyi meitä vuoronperään katsellen.

Pudistin päätäni. Emmi vain riiputti päätään.

"Minä vielä jätin ne ovet auki", Mielikki harmitteli.

"Niin, ja avaimen piironkiin", Emmi sanoi.

"Niin, kun arvelin, että Henri haluaa heti nähdä kolikot löytöpaikassaan", Mielikki sanoi.

"Minun piti käydä, mutta muistin sen vasta nukkumaan mennessä enkä silloin jaksanutkaan lähteä katsomaan niitä", Henri sanoi.

"Onko täältä viety mitään muuta?" Hilma kysyi.

Mielikki kävi kiireesti tavaroita läpi, mutta kuten arvata saattoi, mitään muuta ei oltu viety.

"Nyt sitten lapset rehellisesti. Koskitteko piironkiin, otitteko kolikoita?" Hanna kysyi tuimana.

"En koskenut", sanoin rehellisesti. Aleksi puhdisti päätään.

Emmi tunnusti:

"Kun leikimme piilosta, katsoin kolikoita ja otin muutaman. Näitä on viisi."

Emmi ojensi kolikot näkyville.

"Halusin hetken pitää vanhoja kolikoita itselläni ennen kuin ne myydään enkä koskaan enää näe niitä. Aioin tuoda ne aamulla takaisin, mutta kun pistäydyin täällä eikä laatikossa ollutkaan mitään, en uskaltanut jättää niitä sinne. En varastaa aikonut, ovathan ne minunkin perintöäni. Halusin vain pitää niitä hetken lähelläni."

"Kröhm, kröhm", Hilma yskähti. "Itse asiassa minäkin pistäydyin täällä, kun en millään unta saanut. Ihastelin hetken kolikoita taskulampun valossa, mutta en laskenut niitä. Silloin ne vielä olivat täällä."

"Kuka muu tiesi niistä? Vain me ja Takalon Lauri. Ei kai Lauri sentään varkaaksi ryhtyisi? Olisimmehan vielä saattaneet myydäkin ne kolikot hänelle ja hänhän itse sanoi, etteivät ne ole kovin arvokkaita", Hanna totesi.

"Viritetään ansa sille Laurille. Sanotaan, että kolikoita löytyi vielä lisää. Vahditaan sitten, tuleeko hän jonain yönä", Aleksi ehdotti.

Nyökkäilimme vaitonaisina. Aikuiset vaikuttivat kovin huolestuneilta. Olin hämmentynyt siitä, että Emmi oli salaa ottanut kolikoita, mutta onneksi hän oli tehnyt niin, sillä vain ne olivat enää jäljellä.

"Hohoi, onko täällä ketään?" kuului miehen ääni ovelta.

"Se on se Lauri", Aleksi kuiskasi.

"Kyllä me täällä ollaan!" Mielikki vastasi kovalla äänellä.

Harmaapukuinen mies kurkisti keittiön ovelta.

"Tulin uusimaan tarjoukseni. Voin kyllä korottaa hieman, vaikka sataanviiteenkymppiin."

"Kolikot varastettiin viime yönä", Henri sanoi.

"Paitsi nämä viisi, jotka olivat minulla", Emmi sanoi.

"Ei voi olla totta. Ei kai sellaista tapahdu täällä maaseudun rauhassa. Lapset ovat kujeilleet ja kätkeneet ne."

"Eikä olla, paitsi nämä viisi", Emmi sanoi ja juoksi pois. Näin hänen menevän salamajaamme.

Kehtasikin syyttää meitä, tuo mies, joka oli todennäköisin epäilty. Aleksi muisti puheensa huijauksesta:

"Mutta ei sillä oikeastaan ole väliä. Löysimme piirongin alimmasta laatikosta vielä useita vastaavanlaisia kolikoita, mutta ne näytämme vasta viralliselle arvioitsijalle."

"Minä kyllä melkein kävisin virallisesta", Lauri yritti.

"Ei, emme näytä niitä nyt. Tuletko kahville? Olet uusi täälläpäin. Miten innostuit täältä mökin hankkimaan?" Hanna kysyi ja johdatti Laurin sisälle uuteen taloon.

Menin Aleksin kanssa salamajaan pohtimaan tilannetta Emmin kanssa.

"Onkohan Lauri oikeasti syyllinen? Entä jos Hilmatäti otti kaikki kolikot itselleen?" Emmi pohti.

"Sekin on mahdollista. Katsotaan miten käy. Tuleeko Lauri vai tunnustaako Hilma lopulta? Tai sinä, Emmi? Ehkä kätkitkin koko aarteen?" Aleksi pohti.

"Kuulithan mitä sanoin, otin muutaman kolikon taskuuni, kun leikimme piilosta enkä sen jälkeen käynyt siinä huoneessa ennen kuin aamulla ja silloin laatikko oli tyhjä", Emmi puolustautui.

"Saadaankohan mekin valvoa vai aikovatko vanhempanne kieltää sen?" kysyin.

"Ei varmaan saataisi, mutta minä ainakin aion yrittää", Aleksi sanoi.

"Nyt voit näyttää, että tosiaan uskallat liikkua pimeässä talossa. Minä en semmoista ole koskaan väittänytkään", Emmi sanoi.

Olimme jokseenkin alamaissa loppupäivän. Leikimme jonkin aikaa barbeilla ullakkohuoneessa. Sitten Hanna vei meidät uimaan ja se piristi meitä. Silti emme olleet oikein iloisia.

Hanna ja Henri kielsivät meitä lapsia osallistumasta varasjahtiin. He päättivät valvoa vuorotellen vanhan talon kuistin nurkassa. Aleksi ei sanonut mitään, mutta arvasin, että hän kyllä jotakin yrittäisi.

Nukkumaan mennessä mietin varasta. Miten hän oli viime yönä hiiviskellyt toisten talossa ja vienyt aarteen nenämme edestä, aarteen, joka ei hänelle kuulunut. Vai oliko varas Hilma, jolle aarre oikeastaan kuului?

8. luku

"Tuliko varas yöllä? Oliko se Lauri?" Emmi kysyi heti, kun astuimme aamulla keittiöön.

"Ei, ei tullut varasta. Olkaa hiljaa. Hanna ja Henri nukkuvat vielä valvottuaan puolet yöstä ja lypsettyään lehmät silti aamuvarhaisella", Mielikki sanoi. "Ensi yönä on kai sitten minun vuoroni."

"Tai sitten meidän on kysyttävä suoraan Laurilta", sanoi keittiöön tullut Henri, joka olikin jo herännyt.

"Mutta hän voi valehdella", Aleksi sanoi.

Leikimme tuona päivänä taas barbeilla ja piirtelimme. Kun potkimme palloa Aleksin kanssa, kysyin hiljaa:

"Kävitkö sinä viime yönä vanhassa talossa?"

"Olin piiloutunut keittiöön ennen kuin äiti tuli vartiovuoroon. Noloa sanoa, mutta nukahdin jossain vaiheessa. Ensi yönä aion olla pirteämpi."

Niin kului pari yötä. Hanna, Henri ja Mielikki vartioivat vuoronperään. Aleksi sanoi myös olleensa paikalla vanhempiensa tietämättä. Lopulta aikuiset kyllästyivät.

"Tällainen valvominen alkaa väsyttää. Ehkä se oli kuitenkin joku ulkopuolinen. Outo yhteensattuma, että joku juuri sinä yönä kävi vanhassa talossa, mutta sellaistahan elämä on, outoja yhteensattumia. Tai sitten te lapset kuitenkin piilotitte ne", Hanna epäili.

"Sitä on turha epäillä", Emmi sanoi. "Otin vain ne viisi!"

Koitti siis yö, jolloin aikuiset eivät enää vartioineet. Aleksi sanoi, ettei aikonut lopettaa, joten hän olisi nyt yksin vanhassa talossa yön. Emme Emmin kanssa vitsailleet asiasta mitään, vaan ainakin minä mietin, pitäisikö meidän auttaa.

Nukkumaan mennessä kysyin Emmiltä:

"Pitäisikö meidän mennä Aleksin avuksi?"

"En tiedä. Minua ei yhtään innosta pimeä vanha talo. Eikä Aleksi pyytänyt apua", Emmi sanoi.

Emmi nukahti nopeasti. Jäin miettimään, entä jos juuri nyt varas kävisi talossa emmekä saisikaan häntä kiinni. Pyörin sängyssäni malttamattomana. Lopulta nousin ylös ja menin katsomaan vanhaa taloa keittiön ikkunasta.

Mitä näinkään? Valonvälähdyksen kuistilta, ehkä Hiljan huoneesta asti. Aleksi tuskin käyttäisi taskulamppua. En uskaltanut mennä herättämään aikuisia, koska eivät he niin läheisiä minulle vielä olleet, joten ryntäsin ravistelemaan Emmiä. Emmi melkein puraisi kättäni ja vaikutti aivan sekavalta herätettyäni hänet kesken unien, joten luovuin yrityksestä.

Päätin ottaa selvää, oliko kyse kuitenkin vain Aleksista. Otin taskulampun käteeni ja juoksin äänettömästi pihan poikki. Astuin varovasti sisälle kuistin ovesta. Kuuntelin hiljaa. En kuullut mitään. Ryömin matalana kohti porstuan ovea. Sinne päästyäni huomasin Aleksin. Hän nosti sormen huulilleen huomattuaan minut.

"Mene keittiön ovelle ja jos hän pakenee sitä kautta, kompastuta hänet jalalla tai jollain. Aion hyökätä häntä kohti tätä kautta", Aleksi kuiskasi minulle niin hiljaa, että hädin tuskin sain selvää.

Kuljin varovasti hiljaisen pimeän salin ja nurkkahuoneen poikki sydän pamppaillen. Ohitin kangaspuut ja melkein kirkaisin potkaistessani vahingossa lattialla lojuvan matonkudekerän liikkeelle. Avasin hiljaa keittiön oven ja kurkistin keittiöön. Varas oli vielä Hiljan huoneessa, sieltä kuului vaimeaa kolinaa.

Otin käsiini pitkävartisen harjan, joka oli jäänyt aikuisilta keittiöön. Mietin Hiljan huoneen oven edessä, miten kompastuttaisin varkaan. Hänhän huomaisi minut heti, jos seisoisin oven raossa. Kaikesta kellaria kohtaan tuntemastani inhosta huolimatta avasin kellarin oven ja astuin ylimmälle portaalle. Jätin oven raolleen vain harjan varren verran ja työnsin harjaa kohti Hiljan huoneen ovea. Kun ovi avautuisi, työntäisin sitä enemmän, jotta varas kompastuisi.

Samassa Hiljan huoneesta kuului ääniä.

"Pysähdy, varas!" Aleksi huusi.

Hiljan huoneen ovi avautui. Työnsin nopeasti harjaa eteenpäin ja pitelin siitä lujasti kiinni, kun varas törmäsi siihen ja kaatui pitkälleen lattialle. Aleksi hyökkäsi hänen kimppuunsa ja yritin auttaa parhaani mukaan pitelemällä varasta toisesta kädestä kiinni.

Onneksi samassa paikalle tuli taskulamppujen kanssa niin aikuisia kuin Emmikin.

"Mitä täällä tapahtuu?" Henri kysyi.

"Varas on tässä", Aleksi sanoi hengästyneenä.

Henri otti jo aiemmin varaamansa köyden ja sitoi varkaan kädet tämän selän taakse.

"Heräsitkö sinä sittenkin?" kysyin Emmiltä.

"Heräsin enkä nähnyt sinua, en löytänyt mistään, joten kävin herättämässä äidin ja äiti herätti isän ja sitten tultiin tänne."

"Miten täällä kohdellaan ihmisiä!" kähisi varas.

"Kukas tämä varas on?" Henri sanoi karskisti ja

käänsi varkaan ympäri. "Lauri Takalo. Mitä sinä meidän vanhassa talossa keskellä yötä hiiviskelet?"

"Hain seikkailua pimeässä talossa", Lauri vastasi.

"Sinäkö varastit ne kolikot täältä?" Hanna kysyi tuimana. Me kaikki tuijotimme syyttävästi taskulampun valaisemaa Lauria.

"No olkoon. Innostuin liikaa. Olin näkevinäni kolikoiden joukossa erittäin harvinaisen rahan, joka on tosi arvokas, mutta ei se ollutkaan niiden kolikoiden joukossa, jotka vein."

"Lienee parasta, että haemme nyt ne kolikot takaisin yhdessä. Sinulla ei sitten ole tähän meidän vanhaan taloon enää mitään asiaa milloinkaan. Vaikka tämä on asumaton, on kaikki täältä löytyvä edelleen meidän omaisuuttamme", Henri sanoi.

"Voimme jättää ilmoittamatta poliisille, jos nyt annat ne kolikot", Hanna lisäsi.

"Ei tarvitse kauas lähteä, ne ovat autossani", Lauri sanoi.

"Mennään yhdessä autosi luo. Vapautan kätesi vasta kun kolikot ovat meillä", Henri sanoi.

Kuljimme yhdessä Laurin auton luo. Hän oli jättänyt sen jonkin matkan päähän talosta. Henri otti avaimet Laurin taskusta ja tämän neuvojen mukaan löysi kolikot rasiasta hansikaslokerosta.

Kun Henri viimein vapautti Laurin kädet, tämä hieroi ranteitaan ja sanoi katuvana:

"Anteeksi, eihän kunnon miehen näin pitäisi tehdä. Innostuin vain liikaa."

"Aivan. Älä enää koskaan tee niin", Henri sanoi vieläkin vihaisena mökkinaapurilleen.

Emme nähneet enää Lauria sen jälkeen. Kuulin myöhemmin Emmiltä, että hän oli melko pian tapauksen jälkeen myynyt mökkinsä ja ostanut uuden jostakin muualta. Hyvä niin, sillä itse hän oli pilannut naapuruussuhteet.

Kun viimein pääsimme nukkumaan, en ehtinyt ajatella juuri mitään vaipuessani nopeasti unten maille.

9. luku

Seuraava aamu oli aurinkoinen. Pelasimme pihalla polttopalloa Mielikin ja Aleksin kanssa. Kävimme keräämässä kukkia ja nautimme keinussa kukkien tuoksuisesta ihanasta päivästä.

Arvoitus oli ratkaistu, syyllinen selvitetty ja rahat saatu takaisin. Päivällä katselimme rahoja ja Mielikki sopi tapaamisen jonkun raha-asiantuntijan kanssa seuraavaksi päiväksi.

Aamupäivällä Mielikki tyhjensi Hiljan huoneen uudesta talosta ja iltapäivällä hän alkoi tyhjentää Hiljan huonetta vanhasta talosta. Hilma kertoi, mitä tavaroita hän halusi itselleen. Muut tavarat Mielikki lajitteli säilytettäviin ja roskiin pantaviin. Kun ilta koitti, huone vanhan talon keskellä oli tyhjä, jopa piironki oli täysin tyhjä.

"Henri lupasi tuoda tämän piirongin kotiini kaupunkiin. Minusta se on upea. Ei tällaisia huonekalukaupoista löydä."

"Voidaan vaikka heti lähteä viemään sitä", Hiljan huoneen ovelle ilmestynyt Henri sanoi. "Lainasin naapurin pakettiautoa ja se on nyt pihassa."

Onneksi Henrillä oli nokkakärry. Sen avulla hän, Hanna, Mielikki ja Aleksi saivat kuin saivatkin siirrettyä piirongin eteiseen. Siitä he kantoivat sen pakettiautoon. Mielikki haki omat tavaransa, kolikot ja ne Hiljan tavarat, jotka hän otti itselleen.

Halasimme Mielikkiä hyvästiksi, minäkin. Pidin hänestä, sillä hänen kanssaan oli ollut mukavaa. Pakettiauton kadottua näköpiiristä palasimme Emmin kanssa Hiljan huoneeseen.

"Miten tyhjä tämä nyt onkaan! Salaperäinen huone eikä täällä enää ole mitään", Emmi huokaisi.

Huoneessa kaikui. Astelin siinä kohtaa missä piironki oli seissyt. Sitä oikeastaan kaipasin eniten. Mahtavana, jyhkeänä esineenä se oli tuntunut kuninkaalliselta huonekalulta.

Lattialaudat vaikuttivat hieman irtonaisilta. Rupesin ajankulukseni liikuttelemaan niitä ja kas, yksi niistä tuntui helposti nousevan. Kun olin nostanut sen, vieressä oleva lauta irtosi helposti myös.

Emmi tuli uteliaana katsomaan:

"Ei tätä vielä pitänyt purkaa."

"Katso, täällä on jokin kangaspussi", huomasin.

Näimme puulla vuoratun kolon, jossa lojui vanhan näköinen kangaspussi. Annoin Emmin talon tyttärenä nostaa pussin. Avasimme jännittyneinä yhdessä sitä kiinnipitävän nyörin ja vieritimme sen sisällön Hiljan huoneen lattialle.

"Kolikoita. Paljon lisää ikivanhoja kolikoita", Emmi ihmetteli.

"Täällä oli sittenkin isompi aarre!" huudahdin.

Aleksi oli kuullut puheemme ja hänkin tuli huoneeseen. Tutkimme rahoja kaikessa rauhassa, sillä tiesimme, että menettäisimme ne heti, jos kertoisimme niistä aikuisille. Tämä oli meidän hetkemme.

Lajittelimme kolikoita koon ja värin mukaan. Panimme samanlaiset samaan kasaan ja lopulta laskimme kolikot. Niitä oli yli sata.

"Tässä on varmasti ainakin muutama harvinaisuus", Aleksi totesi.

"Niin, mutta toivon enemmän sitä, että saisin pitää itselläni edes muutaman kolikon", Emmi toivoi.

Minä vain ihailin kolikoita. Eiväthän ne olleet minun, joten en voinut niitä itselleni toivoa. Olin iloinen siitä, että juuri minä löysin aarteen. Ikään kuin se olisi ollut se tarkoitus, minkä takia olin siellä juuri sinä kesänä.

Ihailtuamme pitkään kolikoita Aleksi kävi lopulta hakemassa Hannan.

"Siis oikeasti, noin paljon kolikoita! Tässäkö se pii-
ronki oli? Ne löytyivät siis sen alta?" Hanna ihmetteli.
Nyökkäilimme hänelle.

"En kyllä olisi uskonut. Miten ihmeessä ne siellä
piirongin alla olivat? Eihän niitä olisi saanut sieltä pois
ilman piirongin siirtämistä, vai mitä?" Hanna sanoi.

"Ehkä Hilja sitten salaa siirteli piironkia", Emmi ar-
veli.

"Niin se varmaan on ollut. Piironki olikin vähän sei-
nästä irrallaan ja jos sitä olisi siirtänyt taaksepäin, tuon
ensimmäisen laudan olisi voinut irrottaa", Hanna pohti.

"Mitä me nyt teemme näillä kolikoilla?" Aleksi kysyi.

"Eiköhän lähdetä huomenna viemään niitä sille
asiantuntijalle, jonka luo Mielikki menee", Hanna sanoi.

"Saanko lähteä mukaan?" Aleksi kysyi.

"Tule vaan, entä tytöt?" Hanna kysyi.

Katsoimme toisiamme. Minua ei reissu kiinnosta-
nut. Olihan loma-aikaani jäljellä vain muutamia päiviä
ja vietin mieluummin aikaani Loukkolassa. Kuin arva-
ten ajatukseni Emmi sanoi:

"Me jäämme tänne leikkimään. Roosa on enää vain
joitakin päiviä meillä ja meillä on vielä paljon tekemis-
tä."

Henri oli innoissaan löytämästämme aarteesta ja oli

samaa mieltä Hannan kanssa siitä, että kolikoita läh-
dettäisiin näyttämään asiantuntijalle heti seuraavana
päivänä.

Illalla nukkumaan mennessä suljettujen silmieni
eteen kohosi kuvia kolikoista, pienistä kasaamistamme
pinoista ja erityisesti yhdestä kauniista kolikosta, jossa
oli linnun kuva.

10. luku

Seuraavana päivänä hoidettuaan navetassa aamu-toimet Hanna ja Henri ottivat kaikki kolikot mukaansa ja lähtivät Aleksin kanssa kaupunkiin. Meille oli laitettu runsaat eväät, joita söimme myöhemmin päivällä puu-tarhan keinussa. Täytettyjen sämpylöiden lisäksi söim-me marjapiirakkaa ja hedelmäsalaattia.

Sitä ennen leikimme jälleen vanhassa talossa. Talo tuntui nyt ystävälliseltä, tutulta, kaverilta, joka ei pet-täisi. Se oli ollut minulle vieras tutustuessani siihen en-simmäistä kertaa. Sittemmin se oli näyttänyt minulle monia puolia itsestään. Useiden vuosikymmenien ai-kana paljon elämää nähneet, nyt asukkaita vailla ole-vat isot, tilavat huoneet olivat sittenkin iloisia meistä nuorista, jotka vielä kuljimme niiden sisällä ja kek-simme leikkejämme. En ikinä unohtaisi isoa uunia ja sen päälle rakentamaamme salamajaa tai isoja kan-gaspuita, jotka ohitin monet kerran ja kerran jopa yön pimeydessä.

Vaikka jotkin tilat talossa olivat herättäneet pelkoa, kuten kellari tai ullakon sahanpurun peittämät hämärät sopet, ei talo oikeasti tahtonut pelotella. Valo vain ei ylettynyt joka nurkkaan.

Salaisuutensakin talo oli uljaasti peittänyt. Salaisen aarteensa rauhassa kätkenyt, mutta ei malttanut olla lopulta paljastamatta sitä meille.

Leikimme jälleen kerran piilosta, uudistimme taas kerran barbien koteja. Nauroimme ikivanhojen lehtien haalistuneille kuville. Mietimme joidenkin outojen esineiden käyttötarkoitusta ja jopa siistimme salin pelattuamme siellä jonkin aikaa pingistä.

Keräsin muistoja, joita tulisin kantamaan mukanani koko elämäni ajan. Tuo talo kulkisi mukanani sydämessäni sittenkin, kun se jonain päivänä purettaisiin. Muistaisin aina ruskeat hirsiseinät ja tuvan mustan katon, kellarin hajuineen ja pienine ikkunoineen, valoisan ullakkohuoneen ja itse tekemämme barbien maailman, lukitun huoneen, joka lopulta avattiin, aarteen, jonka sain löytää.

Asiantuntijan mukaan löytämässämme aarteessa oli joitakin arvokkaita rahoja ja useita vähempiarvoisia kolikoita. Mielikki ja Henri eivät kuitenkaan halunneet heti myydä kolikoita. Kumpaakin alkoi yllättäen kiinnostaa vanhojen rahojen keräily ja he päättivät yhdessä ottaa siitä enemmän selvää.

Emmi ja Aleksi saivat joitakin kolikoita omikseen. Yhden niistä Emmi antoi minulle muistoksi. Se on nyt minun aarteeni enkä koskaan voisi myydä sitä mistään hinnasta. Silti tärkein tuon vanhan talon minulle lahjoittama aarre oli tuo aika, jonka sain siellä viettää, kokemukset, joita en missään muualla olisi voinut kokea.